P9-AFL-730

El gran, gran, GRAN dinosaurio

Richard Byrne

WITHDRAWN

MARGARET MORGAN
and
MARY MORGAN PEDLOW

Memorial

RIVERSIDE PUBLIC LIBRARY

—Una para él
y otra para mí.

Una para él y otra
para mí.

**Finlay estaba repartiendo las gominolas
para compartirlas con su amigo cuando...**

un **gran dinosaurio** apareció.

—¿Quieres una gominola?
—preguntó Finlay.

—¡Las quiero todas!
—dijo el gran (y bastante grosero) dinosaurio.

—Oh, no puedo dártelas
todas —**dijo Finlay**—.
Estas son para mi amigo.

—Bueno, pues dile a tu pequeño amigo, esté donde esté, ¡que quiero **sus gominolas!**

—Él está dormido –dijo Finlay–. Pero él es un gran, gran, **gran** amigo.

—¡Oh, estoy muy, **muy**, **muy** asustado! –dijo el gran (y bastante descarado) dinosaurio–. **¡Todo el mundo sabe que yo soy el más grande y el más fuerte** dinosaurio de por aquí! **Solo es-pe-ra y...**

(y bastante pesada) roca por encima de la colina hasta Finlay.

—Tendrás que hacerlo
mejor que eso
—dijo Finlay valientemente.

—Todo el mundo sabe que
mi amigo come fanfarrones
como tú para desayunar.

—No te creo

—dijo el gran dinosaurio.

—De todas formas, ¡yo soy sin duda el que mejor salta

de por **aquí!**

—Eso es
solo un
pasito para
mi amigo
—dijo Finlay.

—¡Vale, me gustaría ver si tu supuesto amigo

puede levantar algo tan **alto** como esto!

—dijo el gran dinosaurio.

—Él puede hacer eso durmiendo —dijo Finlay.

las GOMINOLAS!

—Puedes gritar todo lo que quieras —respondió Finlay— pero mi amigo puede gritar todavía más alto.

—Mírame minidinosaurio, ¿qué **no puede** hacer ese amigo imaginario tuyo?

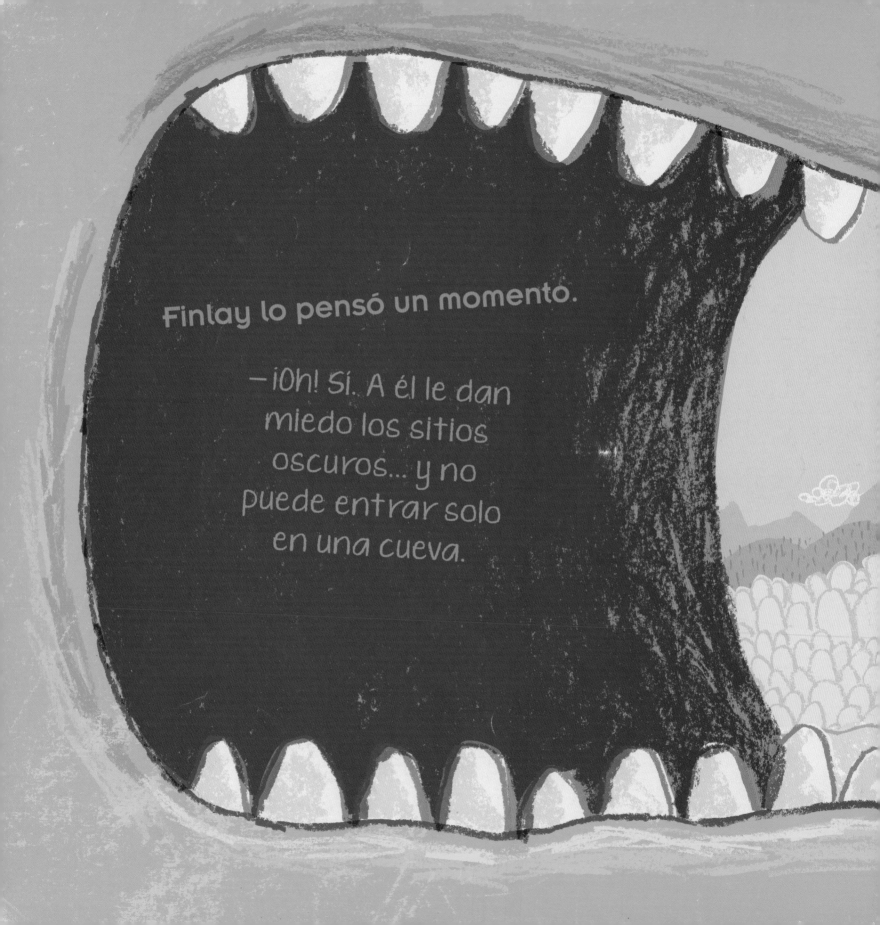

Finlay lo pensó un momento.

—¡Oh! Sí. A él le dan
miedo los sitios
oscuros... y no
puede entrar solo
en una cueva.

Entonces el gran dinosaurio agarró el frasco
de las gominolas y corrió hacia la cueva.

—¡ÑAAM!

—¿Ahora ya te crees que mi amigo puede comer presumidos para desayunar? —preguntó Finlay.

—¡Sí! —se oyó que salía una vocecita (muy arrepentida) de dentro.

Finlay se rió.
—No te preocupes, él podría comerte, pero ¡no lo hará!

— ¡LAS GOMINOLAS Y LAS COPAS DE LOS ÁRBOLES SON MIS FAVORITAS!

—dijo el gran, gran, gran (y muy amigable) dinosaurio.

—¡No volveré a ser un avaricioso fanfarrón nunca más!

—prometió el gran dinosaurio.

—¡El primero que llegue al final gana las gominolas! —prometió Finlay juguetonamente.

Todo el mundo sabe que los dinosaurios grandes son los mejores **des-li-zán-do-se.**

Pero esta vez...

él estaba encantado compartiendo.

—¡Y OTRA PARA MÍ!

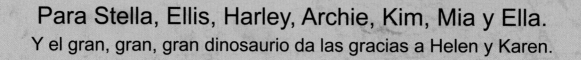

Para Stella, Ellis, Harley, Archie, Kim, Mia y Ella.
Y el gran, gran, gran dinosaurio da las gracias a Helen y Karen.

Título original: *The Really, Really, Really Big Dinosaur.*
Publicado originalmente por Oxford University Press en 2012.

@ Texto e ilustraciones: Rychard Byrne.
© Traducción: Merme L'Hade.

@ De esta edición: Ediciones Jaguar, 2013.
C/ Laurel 23, 1º. 28005 Madrid
www.edicionesjaguar.com
jaguar@edicionesjaguar.com

ISBN: 978-84-15116-84-4

RESERVADOS TODOS LOS DERECHOS
Cualquier forma de reproducción, distribución,
comunicación pública o transformación de esta obra
solo puede ser realizada con la autorización de sus
titulares salvo excepción prevista por la ley. Diríjase a
CEDRO (Centro Español de Derechos Repográficos,
www.cedro.org) si necesita fotocopiar o escanear
algún fragmento de la obra.

miau ¡ediciones JAGUAR
www.edicionesjaguar.com